세월이 남긴 지문

국립중앙도서관 출판예정도서목록(CIP)

세월이 남긴 지문 : 전현하 시조집 / 지은이: 전현하. -- 서
울 : 토담미디어, 2018
    p. ;   cm. -- (토담시인선 ; 036)

ISBN 979-11-6249-052-5 03810 : ₩9000

한국 현대 시조[韓國現代詩調]

811.36-KDC6
895.715-DDC23   CIP2018033695

세월이 남긴 지문

전현하 시조집

토담미디어

문학은 작품을 통해서 사람에 대한 옳은 것, 바람직한 것, 해야 할 것, 또는 하지 말아야 할 것 등에 대한 생각이나 자연계를 지배하고 있는 원리와 법칙에 관한 존재 문제를 다시 살펴 봄으로서 조화롭게 해석하려는 과제를 요구한다.

이처럼 문학의 상대적 근원에는 개인 뿐만 아니라 사화와 국가를 비롯하여 민족문화의 근간을 이루는 것이 또한 문학이다.

일찍이 문화민족에게는 그들 나름대로의 민족시나 정형시가 발전 정착돼 왔다. 우리나라는 시조라는 이름의 정형시가 존재하고, 중국에는 오언율시나 칠언절구라 불리는 한시가 있고, 일본에는 와카나 하이쿠가, 서구에는 소네트라고 하는 14행시가 있다.

이번에 두번째 시조집을 낸다. 작품을 묶으면서 아득한 벌판을 걸어가는 심정으로 덜 익은 과일을 버리지 못하는 아쉬움도 없지 않았다. 아무튼 빠르게 흘러 가는 시간속에서 느리지만 꾸준히 이 길을 가고 있다.

자연과 인간이 따로일 수 없듯 자연의 숨소리에서 삶의 의미를 찾고 위안을 받으며 우리의 전통가락을 노래하고자 하였다.

2018년 가을날
수리산방에서 전 현 하

차례

2부_길 위에서

4부_가을비 단상

5부_바람 앞에서

1부

연꽃을 보며

연꽃을 보며

진흙 속 뿌리박고 받쳐든 하늘이여
세월에 순응하며 삶의 무게 다스리고
한 송이
연꽃을 피워
중생에게 미소 준다.

오늘 비록 가는 길이 숨가쁜 하루라도
가슴속 웅어리는 바람결에 날리고
자비의
큰 가슴으로
수면 위에 불 밝힌다.

먹구름 비바람을 운명처럼 건디며
수없이 흔들려도 당당하게 서는 오늘
내 안의
잡념을 지우고
연밥으로 익고 있다.

연화 1

고해의 진흙 위에
펼쳐든 자비여

무명인 등불 되어
불심으로 흐르고

바람살
다스리면서
미소 짓고 있구나.

연화 2

기인 긴 세월 속에
인내로 견딘 나날

진흙 속 뿌리 내려
꽃대 하나 올리고

중생의 막힌 가슴을
뚫어주는 자비의 꽃

눈앞의 것만 보고
함부로 말하지 마라.

여름날 비바람에
흔들린 게 얼마던가

인고의 고통 속에서
꽃 한 송이 피웠다.

낙화

한 줄기 실바람에
분분한 나의 몸짓

끝없이 추락하는
현세의 운명이라면

내 죽어
나비로 태어나
허공을 날고 싶다.

한순간 진한 사랑
너와의 이별 뒤에

소쩍새 울음소리
앞산을 다 허문다.

다가올

열매를 위해

미련없이 떠난다.

찔레꽃 1

언덕배기 풀섶 위에
송이 송이 피어나

속마음 숨기면서
안으로 새긴 울음

순결의
가슴 한켠에
그리움이 쌓인다.

그립다 그리워서
소쩍새 우는 밤에

애처러이 흘린 눈물
빨간 열매 되었다.

한평생

애닯은 세월

눈물로 산 누이야.

찔래꽃 2

어디서 본 듯한 꽃
저 만치 앉아 있다.

유년의 가슴 한켠
속품깊이 피어 있는

내가슴
언저리에는
잊혀지지 않는 꽃.

외따로 홀로 피어
제 빛을 간직하고

속마음 숨기면서
숙명처럼 가고 있다.

꽃잎에

소원 빌면서

띄워 보낸 그리움.

개망초

.

하나 둘 떠난 자리

버려진 묵정밭에

기회를 기다렸나

무참히 점령했다.

개망초

허리춤 추는

서러운 고향산천.

질경이의 노래

아무리 힘들어도
오늘이 삶이다.

진흙밭에 뒹굴어도
살아 있는 나을 본다.

무명의 생명이라고
무참히는 밟지마라.

부러지고 꺾어지고
끈질기게 살고 있다.

밟히면 밟힐수록
더욱 깊이 뿌리 박고

어디든 내 삶을 찾아
뿌리 뻗어 살리라.

넝쿨 장미

담장에 기대어 송이송이 품은 한이
유월의 하늘 아래 토해내는 각혈이다.
가슴속 맺힌 응어리
풀지 못한 한으로

그날의 아픈 상흔 어찌 잊으랴.
세월이 흐른 지금 가슴속에 별로 돋고
그래도 가야만 하는
숙명의 길을 간다.

오늘의 가시덤풀 찔린다고 아니 가랴
한치앞 알 수 없는 안개 속일지라도
불침번 부릅뜬 눈으로
아픈 역사 쓰고 있다.

들꽃

저것도 꽃이냐고
함부로 말하지 마라.

봄 가뭄 견디면서
굵은 뿌리 키웠고

폭풍우
장마 속에서
기인 세월 견디었다.

바람을 벗 삼아서
밤하늘 별을 보며

기나긴 여정 속에
고독으로 지난 일월

벙그는

꽃봉오리에

씨앗 하나 남기리……

옥매원에서

천태산 영국사길 옥매원 있다기에
봄빛에 이끌리어 찾아간 옥매원
옥매는 보이지 않고
홍매 백매 반겨 준다.

대문 앞 등나무는 지난 일월 되새기며
속까지 다 보이고 고단한 삶 버티고 있다.
삼월의 끝자락에서
여린 싹만 떨고 있다.

톡톡톡 터지는 홍매 백매 희열 속에
돌탑과 장독대며 대청마루 햇살까지
제자리 지키고 앉아
봄소식 전하고 있다.

수련

삼복의 한가운데 폭염이 몰려와도

지나간 일월 속에 맺은 인연 되새기고

물 속에 둥실 떠서 환한 웃음 짓고 있다.

청순한 그 마음 오랜 세월 간직하고

밤이면 마음 접어 안으로 새긴 정은

졸다가 놓쳐 버리고 허무로 끝난 가을.

씨앗

바람에
떠밀려서

떨어진
자리에

흙을
탓하지 않고

뿌리를
내렸다.

어둠 속
말없이 엎드려

새싹을
키우고 있다.

풀꽃

보아주지 않아도
충실히 살아 왔다.

기나긴 풀숲에서
할 일을 다하고

푸르른 넓은 초원에
피워 올린 꽃망울

비바람 견디면서
굵은 뿌리 키우고

보는 이 없어도
나의 길을 걸어 왔다.

이제는 눈길 받으며
꽃으로 피고 싶다.

2부

길 위에서

길 위에서 1

일상에 쫓기면서
길 위를 가다보면

발 끝에 채이는
조그만 돌부리에

중심을
잃어버리고
넘어질 때가 있다.

길 위에 걸리는 게
돌부리뿐이랴만

차라리 바위였으면
돌아라도 갔을 텐데

걸리고

넘어진 후에

때는 이미 늦은 것을……

길 위에서 2

산길을 걸어 갈 땐
많은 생각 하지 마라.

새 울음 듣다 보면
헛딛어 넘어진다.

넘어져
지난 번 상처

또 도질까
걱정된다.

귀로

하루의 무거운 짐
어깨에 짊어지고
양손에 잡은 핸들
가볍게 떨려 온다.
가을비 내리는 차창
잊고 싶은 일상이여.

언제나 오고 가는 낯익은 길이지만
가을비 내리는 길 시름만 쌓여 간다.
흐르는 먹구름 보며 머언 생각 잠긴다.

시간의 하류에서
파닥여 보지만은
물살에 떠밀려서
오늘을 가고 있다.
일상의 모든 고달픔
침묵으로 가고 있다.

여로 旅路

낮은 산 높은 산
겹겹이 둘러 있고

세월의 여울목에
마음 비워 가노라면

저물녘 바람 앞에서
깃을 접는 산그림자.

산천을 굽이 돌아
호젓한 길 접어드니

풀섶 위 달맞이 꽃
나를 반겨 웃어주고

일상의 떠나온 곳엔
또 하나의 꽃이 핀다.

홍수

폭풍우 천둥 속에
할퀴고 쓰러지고

산마다 골짝마다
뚫어진 혈관이다.

세상에
상처난 것이
산골짝 너뿐이랴.

산길을 가며

성하의 수리산 길
초록물이 떨어진다.
물소리 벗 삼으며
발길을 옮겨 가면
생각만 돌고 도는 길
하늘 한번 쳐다 본다.

새색시 연지 같은
산딸기 보노라면
내게도 봄 같은 시절
푸른 길도 보였지
이제와 뒤돌아 보니
한 조각 구름이다.

올라가고 내려가고
굽이굽이 비탈길
새 소리 풀벌레 소리

질펀하게 드러눕고

오늘도

풀 수 없는 사람

그리움으로 다가온다.

봄. 점경

무논의 잔물결에
아직은 매운 바람

황사는 빈 들녘의
시야를 가리는데

등 굽은
늙은 농부는
휘적휘적 걸어간다.

철없는 진눈깨비
오는 봄을 시샘한다.

갈지자 그리면서
논바닥을 쪼는 철새

저렇듯

쪼아대어야

노동이 삶인 것이다.

소래포구에서

바다는 어디 가고 갯골 위 타는 노을
세월에 지친 배도 갯바닥에 누워 있다.
빌딩숲 갯바람 속에
흩뿌리는 갯내음

그 많던 조개들은 어디로 사라졌나
세월의 뒤편에서 추억만이 어룽인다
뒤틀린 삶의 현장엔
소금꽃만 피어난다.

갯벌에 스며든 그 많던 사연들
잃어버린 바다 향해 목청껏 불러 봐도
삶이란 벌판 위에서
대답 없는 메아리.

화개장터에서

지리산 깊은 계곡
돌돌돌 흐르는 물

한 줄기 바람 따라
옛날 얘기 피어나고

저물녘
노을진 강엔
은물결이 반짝인다.

구름처럼 바람처럼
흘러흘러 가는 인연

화개장터 모인 인심
눈빛도 정겨웁다.

사랑도

머물다 가는

푸른 산 푸르른 물.

백담사 가는 길

길고 긴 가뭄 속에
물소리 허기지고

땡볕의 바위들도
백석으로 눈부시다.

대청봉
봉우리 위에
흰구름만 둥실 뜨고……

구부러진 길 위에
청산을 품은 향기

풀숲에 벌레울음
한시절을 노래한다.

가슴속

백팔번뇌는

돌탑으로 쌓이고……

외포항에서

석모도 가는 길에
외포항에 들렀더니

사공은 어데 가고
갈매기만 날은다.

연륙교
생기고 나서
주모도 떠났단다.

저녁 강

청산을 휘돌아서 들녘을 가로질러
지나온 아픈 여정 추억만이 일렁이고
가슴속 깊은 응어리 회한만이 남는다.

낮게만 흐르면서 소리 한번 못 지르고
저물녘 지는 해에 젖어 오는 눈시울
이제는 청운의 꿈도 노을속에 보낸다.

제대로 목청 한번 지르지 못 했다고
물살에 실려 가는 한조각 조각배라고
마지막 타는 노을에 돌은 던지지 마라.

정류장

기다림 있어야 떠날 수 있는 자리

지나온 길 위에서 때로는 흔들렸지만

오늘도 떠나기 위해 이 자리에 다시 섰다.

신호등

조금의 허점도 있으면 용납 안 돼

두 눈 부릅뜨고 기본에 충실한다.

최후의 보루 앞에서

오늘을 지키는 너.

시간의 굴레 쓰고 숙명의 굴레 쓰고

오늘을 가야 하는 외로운 이 자리에

길 위의 평화를 위한

부동자세 하고 있다.

모두가 지키는 엄숙한 사선에서

조급증 발동하여 무시한 신호등에

산산히 부서지는 삶

원망한들 무엇하리.

3부
산정소묘

산정소묘山頂素描

반도에 뻗은 정맥 하늘 향한 저 위용
한줄기 의연한 자태 울멍울멍 이어지고
억겁의 비바람에도 변할손가 저 기상.

솟아 오른 봉우리는 땅끝까지 이어지고
해와 달 품어 안고 안으로 품은 태고
천지간 간직한 비밀 인고의 일월이여.

바람소리 새소리는 천상의 노래되고
천둥번개 우르릉 꽝 구름 타고 비가 와도
철따라 변하는 자태 화려한 활엽수여.

산 아래 터를 잡은 고을 고을 인정아
골마다 살아온 얘기 설화로 피어난다.
자연의 섭리 앞에서 순리대로 살라 한다.

제적봉制赤峰에서

비온 뒤 송악산엔 뭉게구름 피어나고
벼들은 저희끼리 연백평야 물들인다.
제적봉 평화공원 위 울컥이는 나그네

발아래 두 강물은 사이좋게 흐르고
간간이 철새들은 물 위를 날으는데
휴전선 병사의 눈초리 번득임이 밤낮 없다.

그 옛날 황포돛배 물길을 열어주던
정다운 사람들이 함께 손을 잡던 곳
오늘은 분단의 아픔이 절규하고 있구나.

강물은 소리 없이 유유히 흐르건만
휴전선 가로막혀 보고도 갈 수 없다
망향탑 신음 소리만 흐느끼고 있구나.

부식된 철모 뚫고 꽃대궁 솟아나고

그날의 원혼인 듯 날아든 노랑나비

애절한 서부전선엔 어둠만이 밀려온다.

내소사에서

능가산 솟은 바위 좌선에 깊이 들고
전나무 길을 따라 생각에 잠겨보면
솔향은 코끝에 와서 백팔번뇌 잊으란다.

천왕문 들어서자 두 그루 느티나무
천년을 지켜서서 마을 안녕 기원하고
단청의 흐릿한 문양 설화만이 뚝뚝 진다.

어느덧 산마루에 노을이 젖어들어
산그늘 뒤로 하고 발길을 돌리는데
생각의 무거운 침묵 바람만이 훑고 간다.

백록담

버릴 것 다 버리고 돌로나 굳었나
발 아래 펼쳐진 구름을 거느리고
백록의 시린 전설만 허공에 흩어진다.

모가지 잃어버린 산꽃의 아픈 사연
피어나지 못한 꿈 백록담에 잠기고
아픔의 지난 세월을 피눈물로 보고 있다.

비바람 눈보라에 억겁의 세월 감아
반도의 무탈 안녕 온몸으로 지키며
해와 달 품어 안고서 오늘을 가고 있다.

산협에서

지친 몸 달래려고
찾아든 산협에서

물소리 베고 누워
쳐다본 하늘에는

한줄기
눈물이던가
돋아나는 유년생각.

거두고 쌓아 봐도
푸성귀 같은 삶은

비탈진 자갈밭을
오늘도 가고 있다.

푸른 산

쑥국새만이

목이 메어 우는데……

겨울 숲 1

산그늘 내려 앉아 적막을 눌러쓰고
버릴 것 버리면서 맨몸으로 지켜섰다.
지상의 강철 빛 위장
생사를 넘나들고

찬바람 눈보라에 삭정이는 부러져도
나무는 세월 따라 나이테를 두르고 있다.
옹이진 시간 속에서
고사목은 쓰러져도

그어온 나이테는 언젠가는 지워야 하리.
가득 찬 속엣것도 언젠간 비워야 하리.
침묵의 길고 긴 여정
속 비우고 사는 나무.

겨울 숲 2

생명을 다한 낙엽
내려놓고 내려놓고

생살 찢듯 고통 참는
겨울 나무 가지는

가슴을
도려내듯이
온몸으로 서 있다.

메말라 앙상한 가지
강철보다 굳센 의지

강군의 위장처럼
적막이 흐른다.

숲속의

무수한 이야기

침묵으로 듣고 있다.

신록예찬 1

바람에 몸을 맡겨 흔들리는 나무들

바람의 크기에 따라 몸짓도 달라진다.

신록의 거대한 숨결

신의 은총 이리 하리.

굳이 바람에 맞서지 않으면서

햇살도 속살 깊이 언듯 언듯 비추고

푸른 잎 자연의 숨결

피가 도는 오늘이여.

신록예찬 2

햇살 쏟아지는 숲속의 고요 속에

잎새는 반짝이고 가지는 춤을 춘다.

새소리 울려 퍼지니 낙원인가 싶어라.

여름 산

세월도 청산에다
몸을 맡겨 앉은 자리

한 천년 청운의 꿈
솔바람에 싣고서

한 자락
가슴에 담아
산모롱을 가고 있다.

청태의 진한 향기
코끝에 스미는데

천년의 숨결인가
펼쳐 든 하늘 자락

저 청산

웅장한 기상
하늘의 뜻 품고 있다.

가을 숲에서

까마귀 울음소리 가을 숲 뒤흔드니
삭정이 부러지는 소리도 요란하다.
도토리 투신하는 소리
툭툭툭 들려오고……

골골골 계곡물도 힘 잃은 지 오래다.
낙엽 지는 소리에 먼 생각 스쳐가고
구름도 마음 비우고
솜털처럼 피어난다.

오솔길 가다보면 풀꽃사연 보이고
한 점 바람이 삶의 이치 깨우친다.
자연의 섭리 앞에서
이별연습 하고 있다.

솟대

앙상한 몰골로 부동자세 하고 서서

풍년을 기원하며 주머니에 넣은 씨알

마을의 수호신되어 장승처럼 서 있다.

산 앞에서

남루를 벗은 나무
산안개 휘감은 산

홀가분한 산정에는
침묵만이 흐른다.

힘 잃은
물소리만이
작은 소리 내고 있다.

홍시로 익은 가을
가을비 시로 온다.

잎 떨군 나무처럼
사념을 비워 내면

골바람

지나온 자리
삭정이만 떨어진다.

4부

가을비 단상

가을비 단상斷想

하늘도 내려 앉아 슬픔을 토해내고
먼저 떠난 얼굴들이 빗속에 어룽인다.
내 가슴
언저리에도 상흔으로 남는 가을.

사랑했던 자리엔 바람만 불고 있다.
피다만 꽃봉오리 비명 한 번 못 지르고
헛짚은
세월 속에서 작별 인사하고 있다.

떠나가는 것을 위한 소리 없는 흐느낌
마른 풀잎 위에 은구슬을 꿰고 있다.
계절의
섭리 앞에서 젖어지는 누리여.

소국小菊 앞에서

새잎은 일찍 나서 꽃은 왜 늦게 피나
굳세고 곧은 자태 온몸으로 지키며
찬서리 아랑곳 않고
하늘보고 피었다.

모두들 떠나는데 홀로이 피어나서
청명한 하늘에 향기를 흩뿌린다.
티 없이 순수한 색은
하늘의 뜻이런가.

소복히 핀 꽃이 떨어지지 않는 것은
죽어도 변치 않는 곧은 절개 때문이다.
보내고 그리운 정이
어머니로 피는 꽃.

가을 산책

눈 앞의 가을 나무
제각각 변해가고

짧은 해 붉은 노을
서녘 하늘 물들인다.

가을 숲 풀벌레 소리에
돋아나는 지난 일월

한 줄기 갈바람은
이별을 통보하고

바람의 힘을 빌어
가을인사 하는 낙엽

석양길 가는 발길에
낙엽만이 밟힌다.

가을 언덕에서

어젯밤 비바람이
한 계절을 밀어내고

한줄기 바람에도
허전한 마음자락

세월은
막을 길 없이
문지방을 넘었다.

하나씩 떠나가는
외로운 풍경 넘어

해묵은 기억들이
밀려오고 밀려간다.

여지껏

살아온 흔적

가슴만 아린 가을.

탄금대

흐르는 달래강은 대문산을 휘감고

송림 속 우는 새는 가야금을 불러오나

노을진 탄금정 위로

십이현이 울고 있다.

깊고 깊은 한강수에 몸을 던진 패장혼이

솔바람 속 낙엽 한 장 강물만 목메는데

가버린 세월 속에서

서럽게도 남긴 자국

가야금 탄 사람도 열두대에 던진 몸도

구름처럼 흘러간 세월에 감겨 울뿐

대문산

은행나무엔

노을만이 걸려 있다.

가을 길

들빛은 황홀하고
산빛도 정거웁다.
빗질한 청명하늘
떠나가는 새 떼들
저마다 떠나는 법을
이 가을에 배운다.

메마른 억새처럼
말라 버린 몸과 마음
일상의 부는 바람
흔들리는 가슴안에
오늘은 낮은 숨결로
빈 가슴을 흔든다.

인생길 사는 법도
가을나무 같은 것
하나 둘 버리면서

가을 길 가고 있다.

단풍잎 한 잎 지우듯

하루가 저문다.

가을 강가에서

강물도 사색 속에
침묵으로 흐르고

나룻배 띄워 놓고
드리운 낚시대에

세월을
무심에 실어
강물 위에 띄운다.

한 자락 산을 감싸
휘감은 강심 위에

한 움큼 향수만이
옹이로 박혀온다.

지천명

걸어온 자국

가슴 안에 비로 온다.

안개론

소문만 무성하고
실체가 없는 무대

무대 뒷켠에서
무슨 일이 일어나나

진실을
빙자한 자의
낮은 음성 밀담 뿐

넓은 광장에
따로 앉은 자리엔

목청을 높이면서
다른 소리 하고 있다

광장은

두동강 나고

밤안개만 내려 앉다.

광장에서

무슨 변명 통할까
일어서는 촛불 앞에

사초를 엮어가는
오늘의 광장에서

국정을
농단한 자는
무릎 꿇어 사죄하라.

일어서는 성난 민심
목청껏 외친 함성

칼바람 속에서도
흔들리지 아니하고

새 청사靑史

타오르는 촛불

역정歷程의 물굽이여.

고향통신

택배가 왔다기에 문을 열고 받아 보니

낯익은 이름 석자 펑도는 눈물이다.

유년의 고향 산천이

영상처럼 스쳐간다.

꿈엔들 잊힐리요 그 산천 그 하늘

내고향 포도송이 탱글 탱글 익어가면

찔래꽃 누님의 얼굴

향긋한 고향 내음

고향을 떠나온 삶 수십 번 변한 강산

무엇이 그리 바빠 잊고 산 고향인가

지금도 고향 산천은

어머니로 다가온다.

저녁 별

산비탈 자갈밭에
피어난 달맞이꽃

젊은 날 하얀 마음
어머니로 떠오르고

가슴속
쌓인 설움만
밤하늘에 흐르네.

산그늘 내려 앉은
언덕에 홀로 서니

누구의 눈망울인가
반짝이는 저녁 별

산과 나

안개에 묻혀

밤하늘만 보고 있다.

돌탑

적막한 골짜기에
지성으로 쌓아 올린

이끼낀 돌탑 위엔
고독이 흐르고 있다.

긴 세월
걸어온 번뇌
산안개로 피어나고……

한恨 묻은 지난 일월
자비로 품어 안고

묵묵히 삭힌 심사
마음 모아 합장한다.

탑 끝의

하늘을 향해

소망 하나 빌어본다.

코스모스

때로는 비바람에 때로는 폭염 속에

시련의 갈피마다 인내로 버티면서

하늘의 질서를 알리려

길가에 앉아 있다.

푸르른 하늘아래 여덟 개의 꽃잎은

티 없이 순수한 소망 하나 걸어 놓고

벌나비 찾아든 자리

하늘도 여유롭다.

향수

가뭄 끝 빗줄기에 물 만난 고기처럼

흙내음 잊지 못해 떠오르는 그 언덕

동심의 아련한 추억 눈시울에 걸린 고향.

수백 년 조상의 뼈 묻히고 묻힌 그곳

그 얼굴 그 이야기 희미해져 가는 오늘

잊고 산 지나간 세월 회한만이 남는다.

5부

바람 앞에서

바람 앞에서

흙먼지 일구면서
살아온 나날들이
인내의 긴 세월을
허공에 흩뿌리며
오늘도 가야만 하는
굽이진 생애여.

때로는 겨울나무
일어나라 깨우면서
묏바람 훈풍 속에
청산을 부르면서
헐벗은 가슴 한복판
진초록 몸을 푼다.

펼쳐진 언덕아래
다랑논 보노라면
찔레꽃 흐드러진

유년의 언덕 위에

휘어진

소나무처럼

고향에 살고파라.

청보리 익을 무렵

바람도 없는 날에
푸르디 푸른 녹음

고독의 물레 잦아
향수를 불러오는데

뻐꾸기
목을 찢어 울어
산천을 허물고 있다

비탈진 언덕 밭에
청보리 익어 갈 때

내 유년의 동산에도
숲의 뻐꾸기는 울고

한세월

매운 눈물로
보릿고개 넘었다.

국궁國弓의 노래

줌손을 움켜쥐고
시위를 힘껏 당겨

과녁을 응시하고
힘 모아 정신 모아

화살을
튕겨 보내니
적중이요 지화자.

그 옛날 만주 벌판
누비던 조선의 넋

백의의 가슴팍에
넋을 사뤄 끓는 피

대륙의

적막강산을

내달려라 화살이여.

매미

수년을 어둠 속에
기도한 게 얼마인데

한 이레 숲속에서
살다 갈 길 너무 설워

목청껏
울어 보지만
풀리잖는 이 설움……

비바람 불어오면
엎드려 숨죽이고

날개 털고 울다보면
하루 해는 지나간다.

한평생

산다는 것이

울다만 가는 허무.

과원에서

꽂꽂이 자란 가지

제일 먼저 잘라내고

햇살이 스며들게

곁가지도 자른다.

고품질

과실을 위해

지르고 또 자른다.

다시 삼월에

부동의 침묵으로
숨죽여 참아 왔던
대지의 생명들이
가쁜 숨 몰아 쉰다.
더이상 참을 수 없는
뜨거운 가슴으로……

뜨거운 가슴이
대지의 생명뿐이랴
일제에 항거하여
분수처럼 외친 함성
그날의 피맺힌 절규
가슴 안에 울려온다.

지금도 들려오는
기미년 함성소리
아직도 끝나지 않은

섬나라 음모를

다시는 잊지 않으리

하늘 보며 다짐한다.

요양원에서

한때는 거친 파도
거칠 것이 없었고

만선의 기쁨으로
길러낸 피붙이들

끝끝의
항해를 마치고
폐선처럼 누워있다.

핏기 없는 얼굴에
갈대 같은 육신으로

이제와 돌아보니
한순간의 꿈이었나

흐릿한

지난 일월이

침묵으로 흐르고 있다.

유밀기流蜜期

여명이 밝아오자
밀원 찾아 길 떠나서
꽃주저리 늘어진
산허리를 돌고 돌아
꽃꿀을 온몸에 싣고
귀가가 몇 번인가

오늘은 어느 꽃에
꽃놀이 하고 오나
꽃향기 찾아서
분분히 떠돌다가
하루의 저물녘에야
고단한 몸을 푼다

꽃송이 하나 하나
시집도 보내주고
가녀린 양날개로

분주한 일상에서

자연의

숨결이 있는

신의 음식 꿀을 얻다.

귀촌일지

잊었던 하늘의 별

잊었던 들녘의 꽃

비우고 떠나온

여기와서 보았네

가슴속

응어리들도

시나브로 풀어지고……

백담계곡 돌탑

속세의 모든 번뇌 하나 하나 내려 놓고

돌 하나의 정성과 돌 하나의 기원으로

일상의 무거운 짐을 돌탑으로 쌓아올린다.

아픈지 않은 돌이 세상에 어디 있으랴

무지랭이 돌이라 흉은 보지 말아라

풍파에 시달리면서 오늘도 가고 있다.

겨울바다에서

후려친 겨울바람
퍼렇게 멍든 파도
이빨을 세우고서
날을 세워보지만
억겁의 세월 속에서
허망하게 잃은 세월.

버리고 떠난 자리
파도만이 칭얼대고
탐욕의 몸부림만
일렁여 뒤척인다
일상의 세상만사가
파도 같은 나날이여.

일어서고 쓰러지고
살아온 생애 속에
피안의 희망으로

달려온 해안에는
난파된 꿈조각들만
갯바위에 부서진다.

장마전선

하늘이 빗장 열고
포효하는 울부짖음

원한이 얼마나 커
난장판을 이루나

여름날
불칼을 물고
아우성을 치고 있다.

청산도 무너지고
도시도 물 잠기고

전국권 강타 속에
무너지는 서민 가슴

발 묶인

통제구역 속

저지대의 울부짖음.

활을 쏘며

적중을 염원하며
기氣를 모은 사선에서
팔등신 활을 잡고
응시하는 두 눈에는
오르지 적중을 향한
일편단심 기원뿐.

영과 육 힘을 모아
떠나보낸 화살은
사각의 중심에서
원을 향해 가지만
번번히 빗나간 화살
다른 상처 나선 안돼.

비록 내 화살이
과녁을 빗나가도
끝없이 보내며

명중의 꿈을 꾼다.

옛 선조 혼의 문화를

오늘의 내가 간다.

가지치기

전정가위 잡은 손이
떨림으로 다가온다.

삭정이며 병든 가지
웃자란 놈 잘라내고

혹시나
튼튼한 가지
잘릴까 고심하는……

알찬 열매 위해서
가지는 쳐야겠고

어느 순간 생과 사가
가위 손에 달려 있다

지금의

아픔만큼의

꿈으로 오는 열매

여명黎明

온몸의 기氣를 모아 깃을 쳐 뽑은 목청
어둠을 밀어 내고 새날을 여는 소리
동천의 금빛 하늘이
시나브로 밀려 온다.

어두운 장막은 산 넘어 밀어 내고
밤사이 악몽도 새 빛에 묻히리
가슴에 등불 하나쯤
밝혀도 좋은 소리.

잘려진 반도는 이제는 이어야지
어두운 밤하늘에 잃은 것도 많지만
여명의 새로운 빛이
북녘 하늘 넘는다.

세월이 남긴 지문

ⓒ2018 전현하

초판인쇄 _ 2018년 10월 23일

초판발행 _ 2018년 10월 30일

지은이 _ 전현하

발행인 _ 홍순창

발행처 _ 토담미디어

서울 종로구 돈화문로 94(와룡동) 동원빌딩 302호

전화 02-2271-3335

팩스 0505-365-7845

출판등록 제2-3835호(2003년 8월 23일)

홈페이지 www.todammedia.com

편집미술 _ 김연숙

ISBN 979-11-6249-052-5